Philosophe de formation, Christine Doyen a été professeur de morale. Depuis 2008, dans le cadre de son entreprise « Une fenêtre ouverte sur la Vie... », elle organise des ateliers individuels de développement personnel et des ateliers collectifs d'écriture.

Journal intime et poétique d'un confinement contraire aux usages

Christine Doyen

Journal intime et poétique d'un confinement contraire aux usages

© 2020 Christine Doyen/Christine Doyen

Edition : BoD - Books on Demand
12/14 rond-point des Champs Elysées
75008 Paris
Imprimé par BoD – Books on Demand, Norderstedt
ISBN : 978-2-3222-4207-8
Dépôt légal : Septembre 2020

À Christian, fidèle à l'impromptu des mots partagés, à l'ami discret, aux joyeux scribes qui ont contribué à transformer en pépites d'or le silence de plomb du confinement

26-03-20-18H37

Corps confiné, esprit en liberté,

dans la bulle de ma vacance improvisée,

vagabondent les traditions anciennes et récentes.

Elles me nourrissent sans m'asservir.

28-03-20-13H14

L'inconnu s'invite toujours à l'improviste.

Il nous surprend donc attifés de nos intimités coutumières.

Et cette parure vulnérable de maladresses

nous auréole du charme fou

de la porte entrouverte...

30-03-20-16H22

Marcher à petits pas, comme sur des œufs.
Attentive au murmure des jours.
Précautionneuse de ne pas froisser la trame
de ce qui s'en vient.
Déchiffrer les messages silencieux.
Obéir en silence.
Déshabiller les peurs.
Doucement, leur ôter des mains le mégaphone de
leurs paniques.
Regarder, en face, la peur nue.
Pardonner la toute-puissance qui exige
un monde changé quel qu'en soit le prix.
Accepter sans démission.
Lâcher prise sans inaction.
Continuer
au rythme des battements du cœur rassuré.
ET
plutôt que de faire de la méditation,
être méditant.

30-03-20-17H03

Le confinement le plus radical n'empêche pas
que se faufile sous la porte
l'humeur mauvaise
des dimanches bougons.
L'ennemi est à l'intérieur.
Dame impatience,
se saisissant de son mégaphone despotique,
hurle ses exigences.
Dimanche n'obéit pas.
Sa glu colle aux talons.
Taper du pied reste vain.
Seule l'intuition sait
que sous la chape désespérante de l'ennui,
se murmure déjà
la magnificence du lendemain.
Là est le secret.

31-03-20-8H53

Les frémissements du corps
sont des mots papillon
en pèlerinage sensible
au cœur de la glycine alanguie
d'amour mauve et discret.
Ainsi s'écrit la simplicité.

01-04-20-6H41

En ce tout petit matin silencieux,
le familier se fige
l'éveil tarde à s'éveiller
et rien encore ne s'anime.
Patience des limbes.
Aucune fenêtre ouverte par où s'envolent les mots.
Mon corps peine à se dire.

01-04-20-15H57

Lentement, le corps se défroisse
Gestation de papillon
Envol pigmenté
Pollinisation de l'oreille
Les mots battent des ailes
Cœur arc-en-cialisé
Que de secrets révélés
Je suis éveillée.

02-04-20-9H03

Le cœur se gonfle d'un horizon trop grand pour lui.
La bouche se pose au front de l'autre expansé.
Les oreilles s'aiguisent au cristal d'un son immaculé.
Les mains s'affolent
Saisir devient saisissement.

03-04-20-13H11

Dans l'entre-deux
de la nuit qui se meurt,
de l'aube qui se prépare à naître,
s'étend le grand vide de la paix vigilante.
Toutes les rencontres y sont bénies.

03-04-20-13H13

Entre ces deux-là,
un seul noyau,
une seule rencontre.
En chacun d'eux,
un arbre croît
unique en son genre.

04-04-20-11H50

Dans l'entre-deux du temps confiné,
les mots deviennent
la peau des corps
empêchés de se rencontrer.

04-04-20-17H14

Confinés,
ils entament le voyage intérieur.
Arrivés au-delà des confins,
que sont-ils devenus ?
Des « séparés-unifiés » ?
Voilà la question...

05-04-7H57

La rose,
qui éclot jusqu'à se faner,
ne se pose pas de question !

05-04-20-15H

En promenade au pays confiné,
je cueille çà et là
des mots parfumés.
Belles rencontres
dans l'entre-deux printanier.

06-04-20-8H47

Ode à la poésie.
La poésie est l'amoureuse des mots.
Elle les incite à un corps à corps d'âmes.
Elle les emmène
sur les chemins de traverse de la métaphore.
Elle les enchante
de maladresses syntaxiques subtiles et choisies.
Elle les exténue
jusqu'à l'aveu murmuré de l'inconnu qui les habite.
Elle les convoque
aux ripailles de la tradition.
Le miracle
de ce vagabondage amoureux et poétique
à la rencontre de l'entre-deux des mots
est
qu'il nous achemine toujours
comme par magie
sur le droit chemin.

07-04-20-7H35

Au fil...

Au fil à plomb de l'amour,
le temps pendule l'éternité.

Il ne tient qu'à un fil
que l'amour nous soit révélé.

Au fil du temps
le tempo de l'amour est la valse.

Un amour cousu de fil blanc
fait un beau mirage !

Au bout du fil
l'amour pendule
ce qu'entre le pouce et l'index
nous voulons à tout prix être notre destinée.

Passer le fil
au chas de l'aiguille de l'amour
requiert de bonnes lunettes
et
une infinie patience...

L'amour qui n'a pas inventé
le fil à couper le beurre

est l'ami de l'innocence.

Du fil et de l'amour
font
le métier à tisser de la vie.

Suspendu au fil de l'amour
le cœur
dit : « oui », dit : « non »...

Aussi complexe
que soit le labyrinthe de nos amours,
le fil n'a que deux extrémités.

Pour tisser les voiles
que gonfleront les vents puissants de l'amour,
choisissons
la solide finesse du fil de soie.

Parfois
nos amours sont tellement emberlificotées
qu'il devient ardu
d'en retrouver le fil conducteur.

Audacieux
celui qui dénoue
le fil de liage
de l'écheveau de l'amour.

08-04-20-6H38

Sur le fil de la vie,
un funambule traverse la nuit noire.
Son amour de l'équilibre
aiguise sa vigilance.
Sous sa performance :
De sombres complots vaticanesques.
Dame nature et sa merveilleuse « fileuse-
dévoreuse ».
La virulente perfidie d'un corona.
Le fil ténu de la vie de nos mères anciennes
devenues fragiles.
Mais aussi
une lune rose d'espoir et la folie douce d'y croire.
La terre quoi !

09-04-20-6H47

L'espace ouvre ses frontières.
Le temps s'incline jusqu'à disparaître.
Le silence gonfle ses voiles.
Nous sommes le bruissement.

09-04-20-20H04

Le temps d'une nuit,
nos âmes se blottissent
dans la douce nostalgie lunaire.

10-04-20-6H38

Ce matin,
au noir du chant des oiseaux,
réveillés avant le jour,
dans l'arôme de mon café noir,
je retiens ma nuit
et son rêve silencieux qui,
au-delà du temps,
ne connaît pas la séparation.

10-04-20-6H04

Le temps...

Une goutte de silence
dans un océan de temps
et la paix ondoie.

Temps et silence passent.
Ralentir encore.
Consécration de l'instant.

Bouche cousue,
temps confiné,
en silence,
s'évade le prisonnier.

Au-delà du temps
le rêve silencieux
ne connaît pas
la séparation.

10-04-20-6H52

Au temps du silence
le mot est la parole.
Merci
les écrivain(e)s
vos textes
défient le vent mauvais,
font chanter le soleil tôt levé.

11-04-20-13H33

Devoir est une dette.
« Un ange passe »
Voilà le rythme !
Laissons le jour
voler de ses propres ailes.

13-04-20-heure imprécise

Sans crier gare, mon ombre se fait la malle.
Comme un adolescent rageur, tenaillé par sa peur,
elle file droit devant.
Le dos raide, les bras cadencés, les poings fermés,
la nuque tirée vers l'avant,
à grandes enjambées rageuses, sa démarche scande :
« J'me casse, tire-toi d'là ! ».
Tel un Don Quichotte efflanqué, le front barré
de tracasseries obsédantes et insolubles, mon ombre
brandit l'épée de sa raison qui a raison,
prête à en découdre avec ce monde coupable.
Je crie, je supplie :
« Reviens ! Je me fais du souci pour toi !
Tu ne peux pas me faire ça !
66 ans de connivence ça compte, non !? »
Aucun écho.
Je reste plantée là.
Que faire ? Que dire ? Que penser ?
Je me sens nulle, délaissée, inutile.
Finis les controverses, les dialogues, les débats intérieurs.
Une légèreté soudaine déracine mes pieds.
Je tourne les talons.
La tête vide, j'arrive bientôt en un lieu
où la lumière du ciel chavire jusqu'au sol.
Un endroit enchanteur, où l'ombre n'est pas de

mise.
Pour tout dire : une clairière.
Je reste assise tranquillement et force m'est de constater
que mon ombre, ce piteux partenaire,
ne me manque absolument pas.

14-04-20-9H31

Le songe d'été s'en est allé.
Le corps frissonne.
L'âme se recroqueville en bourgeon.
Rien encore n'est prêt d'éclore.

15-04-20-9H45

Il y a les fabuleux fous ingénieux,
ceux-là sont capables d'inventer des lanternes magiques.

Il y a les fous dangereux,
ceux-là contrôlent les lanternes de la peur.

Et puis...

Il y a les fous que j'aime par-dessus tout,
ceux-là effacent les magies.
Ils se contentent d'une simple lanterne
pour guider les pas de leur liberté.

16-04-20-17H41

Le principe de la lanterne magique
est simple :
une bougie allumée,
des lentilles,
des images projetées.

Quand,
dans ma boîte crânienne,
défilent des humeurs
en farandole infernale
d'oppositions

je tourne mon regard
vers la bougie !

17-04-20-6H20

Silence, le Nouveau vient...

Nous appelons le Nouveau à grands cris,
mais le Nouveau
requiert le silence.

Le Nouveau
n'est pas
la nouveauté.

Faire silence à l'extérieur
n'est pas toujours facile.
Faire silence
à l'intérieur
voilà le défi.

Le silence est
un désert impitoyable.
Il nous met face
à ce qui, en nous, est
cacophonie.

Le silence des fleurs
nous donne à voir
le Nouveau perpétuel.

Comment partager
ce grand silence qui parfois

envahit, à l'improviste, l'entièreté de notre être
et donne aux choses
passées, présentes et à venir
l'éclat du Nouveau ?

Sans doute le partage
est-il lui-même
cette grande respiration silencieuse.
Portée par le souffle
du Nouveau
à l'unisson de tout.

18-04-20-8H34

Plaisir
de construire
ensemble
ce que d'aucuns
appellent
chance.

18-04-20-9H22

Merci
pour le travail réalisé en amont
qui nous permet
aujourd'hui
de vivre le confinement
comme une belle
opportunité
de visiter les confins.

19-04-20-7H37
Doute...

Défier le doute
revient
à se faire confiance.
What else ?

Oui, mais,
douter de soi
est si
coutumier !

Alors quoi, relever des défis
histoire
de ne plus douter de soi !?

Et quid
du
défi du doute, alors ?

On tourne en rond ???
Tant mieux,
entrons dans la danse !

19-04-20-18H12

Si chaque

chose, mot, cœur, amour, joie, plaisir,

portent en eux

leur propre couronnement

alors

doutes et défis

ne sont pas de mise !

Confiance sacrée.

21-04-20-5H38

Sur l'air bien connu d'une chanson de Johnny :

Quand ta plume dit : « Stop ! »
Que les mots disent : « Encore ! »
Que l'inspire n'y est plus
Qu'il faut écrire encore

Quand sur le clavier mort
S'allonge le silence
Que tes doigts engourdis
Écrivent : « Stop ou encore ? »

Que je t'aime, que je t'aime, que je t'aime
Que je t'aime, que je t'aime,
que je t'aimeheuuuuuuuuuu...

21-04-20-6H51

Les mégaphones du pouvoir
m'intiment l'ordre d'emprunter un droit chemin
cousu de fil blanc.

Toute opposition est sanctionnée par le stop
définitif de la mort.

Les lanternes magiques projettent
l'ombre terrifiante des corps-martyrs.

Le temps du doute
et de la peur de l'inconnu est venu.

L'ordre nouveau de cet entre-deux de silence
met la vie au défi d'être encore.

Mais la liberté
jamais ne dit son dernier mot .

Sur l'aile du jour,
dans un vagabondage plein de poésie,
elle ouvre des clairières dans la tradition.

Et
dans la maladresse de son murmure,
l'Amour vient à notre rencontre.

22-04-20-7H06

Une mer d'huile.

Un fleuve lent.

Reflets d'écailles.

Soleil immobile.

Une barque dolente.

Sillons silencieux sitôt effacés.

Temps intérieur

insoucieux de la torture cadencée

des aiguilles de l'horloge.

22-04-20-8H21

Être.

Attendre.

Laisser...

La bulle du faire,

remonte à la surface, à son rythme.

Éclatement oxygénant.

Rencontre consentie.

23-04-20-15H18

Petits textes précieux qui,

le temps que s'en viennent à nous

leurs syllabes musicales,

nous extraient de l'insignifiant brouhaha

et nous emmènent,

l'air de rien,

aux jardins suspendus

de notre conscience la plus haute.

25-04-20-10H24

La grand-mère au petit enfant :

« Que tu es grand ! »

L'enfant se redresse et s'enivre de sa toute-puissance.

Sa confiance est le défi.

Et toi l'aïeule

te montreras-tu digne de cette injonction

d'être à la hauteur de ta vie finissante ?

28-04-20-10H30

Sur un câble électrique,
une dizaine d'oiseaux piailleurs.

Enchantement
de cette proximité polyphonique.

Soudain,
sous l'impulsion d'une cause invisible,
tous s'envolent.

Ne reste que la vastitude
du ciel déserté.

Comment
être à la hauteur
de ce délaissement ?

11-05-20-15H40

Déconfinement,

Cache-cache avec le virus,

Face à face avec moi,

« Ce n'est pas la mer à boire »
ne me console plus.

Nul n'échappe à la cacophonie.

Il en faut de la bienveillance
pour ne pas se prendre
soi-même en grippe.

Au jardin,
le coq
chante.

Là est la vie.

27-06-20-16H45

Ils sont revenus, ils sont tous là,
les jours rapides,
le travail,
le bruit,
les horaires,
les embouteillages

bien sûr
les parents, les amis chers,
mais
les files interminables
la santé menottée
le temps cadencé,
la vie mise en examen.

Ils sont revenus, ils sont tous là
autour de toi,
la déconfinée.

Oh non, pas la vie d'avant,
mais
autre chose...

Autre chose à inventer,
avec l'or du confinement.

27-06-20-20H07

Alors...

Lune et l'autre.

L'astre des souvenances réfléchies dans la nuit d'un miroir qui n'a pas oublié l'éclat du soleil fertilise les sillons du silence.

Sur les rives limoneuses de l'autre sans cesse réinventé éclosent les fleurs étranges de l'une et de l'un.

Abeilles-écrivaines bourdonnantes jusqu'aux soupirs de l'absence s'activent sans relâche à la fabrication d'un nectar au goût de paradis sur terre.

« Une fenêtre ouverte sur la Vie... »

Déjà parus :

Contes de la femme intérieure
éd. Entre-vues & Cedil 1998

D'amours...
éd. Une fenêtre ouverte sur la Vie... 2008

Il était une fois le désert
éd. Une fenêtre ouverte sur la Vie... 2009

Rouge,
éd. Une fenêtre ouverte sur la Vie... 2013

Petits textes qui tiennent la route, ou pas...
éd. BoD 2020

Ellipses ci et là
éd. BoD 2020

Écrire c'est...
éd. BoD 2020

Éclats de vies...
éd. BoD 2020

S'il te plaît, raconte-moi une histoire...
éd. BoD 2020

Dans le cadre de :
« Une fenêtre ouverte sur la Vie... »
Christine Doyen organise
Des ateliers individuels de développement personnel.

Contact : 04 366 09 55

Des ateliers collectifs d'écriture.

Contact : 0472 74 86 73
christine-doyen@hotmail.fr

Photo de couverture, Morgane Pire